KB110169

소
담
소
담

# 소담소담

| | |
|---|---|
| **발행일** | 2022년 12월 19일 |

| | | | |
|---|---|---|---|
| **지은이** | 이옥비 | 그림 | 윤희경 |
| **펴낸이** | 백대현 | | |
| **펴낸곳** | 도서출판 정기획(Since 1996) | | |
| **출판등록** | 2010년 8월 25일(제2012-000003호) | | |
| **주소** | 경기도 시흥시 서촌상가4길 14 | | |
| **전화번호** | (031)498-8085 | | |
| **팩스번호** | (031)498-8084 | | |
| **이메일** | cad96@chol.com | | |

**편집/제작** (주)북랩

ISBN   979-11-971771-9-4 03810 (종이책)   979-11-971771-8-7 05810 (전자책)

이옥비 시집

# 소담소담

그리움이 이슬처럼 맺힌다

정기획

# 『소담소담』의 출간에 붙여…

고창 문인협회 제10대 회장, 이행용

이옥비 님은 자신의 감정과 해석에 솔직하고, 자신과 마주쳤거나 지나가는 크고 작은 사연들을 소중히 담아서 가꿀 줄 아는 사유思惟의 원예사입니다. 이제 중년이 되어 인연과 사랑과 그리움과 아쉬움을 시어로 풀어 놓으니『소담소담』이 되었습니다.

우리가 시인이라고 부르지 않아도 세상을 시詩적으로 읽어내는 여인이고, 문학이라는 카테고리에 넣으려고 하지 않아도 일상을 문학적으로 가다듬는 생활인이어서,『소담소담』은 곁가지를 치거나 덤을 보태지 않아도 맑고 고운 책이 되었습니다.

이옥비 님은 자신의 정서를 잘 가꾸는 인물이지만, 독자에게 잘 보이려고 글에 색을 입히고 살을 붙여가며 꾸며대는 재주는 없어 보입니다. 어둡지도 않고, 무겁지도 않은 시냇물을 거울인 양 들여다보는 느낌으로『소담소담』을 읽게 될 것입니다.

수학 전공자이면서도 자신의 삶을 계산하지 못하는 이옥비 님의 맑은 시선과 감정이 구김 없이 옮겨진 『소담소담』은 순수에서 얻는 감동이 얼마나 아름답고 소중한 것인지 일깨워 줄 것입니다.

한 치의 가식 없이 시집을 엮는 이옥비 님의 출발이 부러웠습니다. 고침을 거듭하거나 기교를 끼워 넣지 않고도 잔잔한 감동을 주는 이옥비 님의 글에 기성 문인으로서 부끄럽습니다.

맑은 영혼은 애써 꾸미지 않아도 동조와 감동을 만들어 내듯이, 『소담소담』은 작가의 순수한 정서를 덧칠 없이 옮겨놓은 글모음이어서 주석을 친절하게 달지 않아도 굴곡 없이 넓게 읽혀질 것입니다. 거듭하여 『소담소담』이 주는 문학의 청량함과 한결같은 순수 지향에 경외를 표하고, 이옥비 시인의 첫 시집의 출간을 축하드립니다.

2022년 겨울 초입에…

시인, 수필가 春江 이행용 드림

# 안녕하세요!

시를 쓰시나요?

아니요!
그저 대화를 나누고 있습니다.
자연이라는 뮤지컬의 조명감독 햇살과 미술감독 꽃과 나무, 음악감독 새와 시냇물.
그리고, 특수효과 담당 바람까지!
어느 하나 저에게 말을 걸지 않는 것이 없거든요.

시를 쓰시는군요?

아니요!
그저 보고 싶은 사람들을 불러 보고 있습니다.
가신 날의 기억이 없는 외할머니, 왁자지껄 학창 시절과 푸르렀던 청춘 시절 곁에 있다 사라진 친구들, 이루지 못해 이름을 가진 첫사랑.

그리고, 부모 대신 세상에 길러내 주신 스승님들!

눈 감아서라도 보고 싶은 사람들을 부르고 있거든요.


시를 쓰셨네요?


아니요!

그저 어리광 부릴 곳이 필요한 마음을 다독였답니다.

커다란 눈에 겁 많고 눈물 많고 수줍음 많던 소녀가 겁 없고 무뚝뚝하고, 그러나, 여전히 눈물 많은 중년의 아줌마가 되는 동안….

살다 보니 슬프고 화가 나기도 했고, 기쁘고 행복하기도 했고, 용기를 내야 하거나 다시 정신을 바짝 차려야 할 때도 있어서!

때때로 가라앉는 마음을 다독여야 했거든요.


소담소담

말을 걸어 오는 자연의 것들과 대화를 나누고

보고 싶고 사랑하는 사람들을 맘껏 불러 보고

생기 잃어 기운 내고 싶은 마음을 다독여 봐요.


저랑요!

# 목차

## 11            사랑, 그리움 그리고…

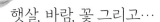

# I

## 사랑, 그리움 그리고…

# 그리움이 이슬처럼 맺히는 계절

한로 지나 그리움이
이슬처럼 맺히는 계절은 가을만일까

살랑이는 봄바람에
꽃봉오리 열리고 제비 오는 계절에도
그리움은 이슬처럼 맺혔고

주룩주룩 장맛비에
유리 창문 안으로 숨어드는 계절에도
그리움은 방울처럼 맺혔고

몰아치는 눈보라에
옷깃 넘어 찬바람 스며드는 계절에도
그리움은 송이 되어 맺혔다

그리움이 이슬처럼 맺히는 계절은
너! 네가 없는 계절

# 보고 싶어도

풀잎에 찬 서리가 내려앉듯이
당신 향한 그리움
얼음꽃 되어 시리게 서리네요
보고 싶습니다

마음도 아니요 어깨도 아니요
팔뚝 언저리 서리는 것은
당신의 손길 닿는 자리네요
보고 싶습니다

그러나, 나의 보고픔에 어쩌면
당신 가슴 시리게 내려앉을까
백 번 참다 한 번 새어 나와요
보고 싶습니다

조심히 밀려 한 번 새어 나오는
그 그리움 담은 말
꼭 눈물방울 굴려 같이 오네요
보고 싶습니다

# 첫사랑

첫눈이 하얀 꽃송이로 내리던 날
까까머리랑 단발머리로
우리는 만났지

매일 봐도 설레는 가슴
편지 적어 콩닥콩닥
손끝으로 전해오는 떨림
천국인가 싶었지

그렇게, 우리 사랑 참 예뻤는데

흰 눈이 무겁게 펑펑 내리던 날
하늘로 땅으로 나뉘어
우리는 이별했지

소담소담

눈을 떠도 너 없는 매일
슬픔 적어 방울방울
가슴 깊게 저려 오는 아픔
지옥인가 싶었지

지금도, 너란 사람 참 보고 싶다

# 길

발걸음 담아내는 길은
따박따박 기억도 주워 담아

발걸음 가볍던 길엔
환한 기억이 켜지고
발걸음 무겁던 길엔
어두운 기억이 켜지고

어느 틈에 챙겨 뒀을까
많고 많은 기억들을
어떻게 다 구별해 뒀을까
저마다의 기억들을

길은
발걸음 버튼으로
기억이라는 센서등을 켠다

# 학교 앞 신작로

그냥 걷는 법이 없었다
학교까지 뻗은 신작로 길!

포플러 나무에 흐르는 윤슬 물결
아침햇살을 종소리처럼 튕겨내고
내 가슴께나 오는 코스모스
까르르 모여 웃어제끼면

내달리거나 터벅터벅 걸었다
학교까지 뻗은 신작로 길!

그 끝에 동글동글 방울들 내단
탱자나무 가시벽 안에
초등학교 터줏대감 벚나무 줄지어
새까만 버찌가 천지

하루종일 손 흔들던
포플러도 코스모스도 지쳐가는 해 질 녘
공깃돌 무더기 감추고 내달렸다
집으로 뻗은 신작로 길!

# 갈 수 없는 계절

손끝이 시린 계절
코끝이 빨개지는 계절
발이 동동 볼이 얼얼한
차가운 계절로 가고 있습니다

아궁이에 군고구마
화롯불에 구워 먹던 군밤
야밤에 담 넘던 찹쌀떡
그리운 계절로 가고 있습니다

양은 냄비 바꿔
똑똑 끊어먹던 호박엿마냥
처마 끝 고드름 똑똑 끊어 먹던
그리운 계절로 가고 있습니다

다신 안길 수 없는
포근했던 할머니 품처럼
다신 갈 수 없는 그리움 품은
포근한 계절로 가고 있습니다

소담소담

# 12월

12월은
추운데 따뜻하다

구세군 냄비
사랑으로 끓고 있어 따뜻하고

크리스마스트리
소망으로 별을 밝혀 따뜻하고

벙어리장갑
네 손가락 모여 따뜻하고

목화꽃 함박눈
마음밭에 내려 따뜻하고

너에게 얼른 주고픈
붕어빵 한 봉지
가슴으로 안아 따뜻하다

# 내 어릴 적 겨울날

내 어릴 적 겨울날엔

펑펑 함박눈에 눈사람 만들고
길쭉 키재기하는 고드름 툭 잘라 오드득
둥둥 냇가에 얼음 배 타며
꽁꽁 언 논에 할아버지 만드신 썰매를 탔다

쭈룩 비닐포대 언덕배기 내려올 땐
얼얼 엉덩이 털고 또 달려 올라가고
쌩쌩 겨울바람 코를 얼려도
돌돌 실을 풀어 가오리연 방패연 날렸다

굴뚝마다 흰 연기 한집 두집 피어나면
풍겨오는 장작불 냄새에 집으로 내달렸고
모락모락 김이 나는 소죽 한 바가지로
그렁그렁 큰 눈과 무언의 대화를 나눴다

내 어릴 적 겨울날엔 하루가 참 길었다

소담소담

# 달달한 감

반질반질 감나무 재주도 좋지
떨떠름한 어린 감을
햇살로 빨개질 만큼 어르고 달래
달달한 감을 내어놓잖아

산만 하시던 외할아버지 재주도 좋으셨지
떨떠름한 단단한 감을
소금물로 열 오를 만큼 어루만져
달달한 감을 내어 주셨지

쪽 찐 머리 울 할머니 재주도 좋으셨지
떨떠름한 주황 감을
찬 기운 드는 곳에 광주리 꼭꼭 숨겨
달달한 감을 내어 주셨지

# 꼬마아이

이른 봄 버들강아지 살랑일 때면
졸졸졸 살아난 시냇물 가에
눈 뜨지 못하고 마냥 버들피리 부는
꼬마아이 하나 서 있다

한여름 채송화 맑게 필 때면
유황칠 광나는 장독대 옆에
눈 떼지 못하고 마냥 바라다보는
꼬마아이 하나 서 있다

깊은 가을 홍시가 익어갈 때면
꼭대기 까치밥 남겨진 감나무 밑에
자리 뜨지 못하고 마냥 올려다보는
꼬마아이 하나 서 있다

까만 겨울 성황당 느티나무 바람에 울면
잔자갈 구르는 쭉 뻗은 신작로 위에
숨 쉬지 못하고 마냥 헉헉대는
겁먹은 꼬마아이 하나 달린다

소담소담

# 학교 가는 길

저수지 물안개 잠 깨어 일어나고
이슬 내린 풀잎 사이로
청개구리 폴짝 길잡이 나서고
아침 싱그러움 먼저 노래하려
앞다투는 산새 소리들

학교 가는 길
산보 가는 길

깽깽이 달음질 장난질에 까르르
말 걸어오는 꽃창포에 잡혀 무언의 수다
며칠을 눈 여긴 산딸기 분명 여기쯤인데
땡감 땡감 빨간 구슬 따 모으며
가고 가고 산을 넘는다

학교 가는 길
산보 가는 길

# 밭에서 딴 딸기

제일 크고
제일 빨갛고
제일 예쁜 딸기는
나만 주었잖아

막내 이모
내내 졸라도
밭에서 딴 딸기는
나만 주었지

꼭꼭 숨겨
설탕 한 스푼
버무려진 딸기는
나만 주었어

이모야
이모야
외할머니 보고 싶다
볼 수 없어 보고 싶다

# 엄니와 나

내가 보는 세상의 전부였던 엄니보다
내 키가 커지기 시작하던 때에
난 어른이 된 듯했다

그리고는, 더 이상 엄니가 보여주는 세상이
전부가 아니라는 오만함도 자라고
그 품을 떠나게 되던 때에

추울세라 더울세라 동동
애지중지 어르던 그 품을 잊었다

내가 엄니 나이가 된 지금
내 품은 엄니에게 세상의 전부

나를 한 품에 안던 그 어깨가
이제 내 한 품보다 좁다

한 살 더해지는 길목에서
엄니 나이도 한 살 더해짐이
아프다

소담소담

# 꽃무늬 블라우스

동화 속 빨간 구두처럼
마법을 부려 줄 것 같지
꽃무늬 블라우스

콩닥콩닥 데이트 길에선
사랑을 꽃피워 주고

추적추적 비 오는 날엔
꽃잎을 펼쳐 주고

훌쩍훌쩍 서글픈 날엔
꽃밭 되어 숨겨 주지

주름진 딸에게 마법을 부리려
노모가 쓱 골라 준다
꽃무늬 블라우스

# 모든 순간

엄마!
난 언제 제일 예뻤어?
살포시 눈 감으며 잔잔히 미소 짓는 엄마

멋지게 학사모 쓴 우리 딸
대학 졸업식 때
아니다, 예쁜 숙녀가 다 된 것 같았어
입학식 땐

아,
초등학교 입학식 때는
얼마나 대견했는지

그런데, 애야
우리 딸 유치원 땐
쫑알쫑알 종달새같이 예뻤는데

처음으로
옹알이를 하던 때는
네게서 눈을 뗄 수가 없었어

다시,
살포시 눈 감으며 두 손 모으는 엄마

내 아기! 쑥 하고 빠져
세상에 나올 때는
엄마는 해를 안은 거 같았어

그러고 보니,
우리 딸 제일 예뻤을 때는
네가 나한테 온 걸 안 순간

지금처럼
눈 감고 가만히 그려 보던 내 아기였네

딸아!
넌 모든 순간
엄마에겐 최고로 예뻤지

# 거꾸로 가는 시계

똑딱똑딱
시계가 거꾸로 간다

10년을 뒤로 초침 따라
일만 하고 살았구나, 하하
개구리 우물 안을 탈출할 테야

20년을 뒤로 분침 따라
또 일만 하고 살았네, 엉엉
아가 아가 내 아가 많이 안아 줄 테야

30년을 뒤로 시침 따라
연애도 못 해 보고, 쯧쯧
설렘설렘 예쁘게 사랑할 테야

똑딱똑딱
시계야 거꾸로 가자

소담소담

# 달아 달아

너무도 큰 우주에
너무도 작은 지구별이라서
그 위에 고작 개미만 한
내 머리 위에 하늘은

햇빛도 달빛도 별빛도
미치지 않는 곳이 없었다
내 고향마을 하늘은

어딜 가든
얼마만큼을 걷든
올려다보면 따라오던 달빛인데

이런!
키 큰 나무숲도 아닌
키 큰 나무보다 몇 곱절 더 키 큰 아파트숲에
그 넓은 우주가 가려져 버리네

고개를 이리저리
발걸음을 이리저리
어디 있니?
달아 달아 밝은 달아!

# 비 오는 날

후둑 후둑
슬레이트 지붕을 때리는 둔탁한 빗방울

츄륵 츄륵
슬레이트 지붕 골 따라 흐르는 빗줄기

방울 방울
유리창에 내려앉는 빗방울들

주울 주울
드러누워 빗줄기로 흐르면

유리창에 치닫는 비
마음을 세차게 때린다

후둑 후둑 츄륵 츄륵
슬레이트 지붕의 환청
추억 한 방울로 담겨
커피 향이 유난히 좋다

소담소담

# 우리는 봄 같았지

낙관주의자로 살던
순수했던 때의 우리는
정말 봄 같았지

너무 많은 생각들과
걱정이 앞서는 우리는
그 봄을 잊었어

여름날 기나긴 장마
가을날 몰아치는 태풍
겨울날 무거운 폭설

그 기억들을 지나
겁을 알게 되기 전 우리는
정말 봄 같았어

# 친구야 보고 싶다

너랑 나만 아는 우리들의
풋사랑 이야기
친구야 보고 싶다

너랑 나만 아는 학교 앞에
분식집 만화방
친구야 보고 싶다

너랑 나만 아는 뒷동산에
한 아름 수국길
친구야 보고 싶어

너랑 나만 아는 우리들의
첫사랑 이야기
친구야 어디 있니

친구야
정말정말 보고 싶다

# 미소

미소가 봄꽃처럼 예쁘다구요?
봉오리 겨울을 지나 피어나듯이
시린 마음 견디어 그렇답니다

미소가 햇살처럼 밝다구요?
둥근 해 구름이 지나야 빛나듯이
어둔 마음 견디어 그렇답니다

미소가 들풀처럼 정겹다구요?
들풀잎 발길질 이겨 일어나듯이
아픈 마음 견디어 그렇답니다

# 내가 보고 싶거든

내가 보고 싶거든
슬쩍 찾아와

하늘, 산, 호수
언제나 묵묵히 그 자리에서 반기듯
호들갑스럽지 않은 인사로
어제 본 듯 반길 테야

내가 보고 싶거든
훌쩍 떠나와

바라봐 주는 눈길이 그립고
토닥여 주는 손길이 그립고
두 팔 벌려 안아 줄
내 품이 그립거든 말이지

유난스럽지 않은 인사로
여전히 반겨 줄 테야

소담소담

# 스승의 마음

이런 뺀질뺀질 차돌 같은 녀석
어찌 다듬어 내놓을까
갑갑스럽던 마음이
감히 부모만 못지않았다

멋대로 굴러가는 자갈 같은 녀석
어찌 제자리를 알게 할까
전전긍긍 앓던 마음도
차라리 매질할 수 있는 부모라면 싶었다

마침내 웃는 낯이 된 바위 같은 녀석
어찌 기쁜 맘을 함께할까
감격스럽던 마음도
하여간 부모만은 했다

때마다 스승을 찾는 사나이가 된 녀석
어찌 군 생활을 견뎌 낼까
깊은 한숨 저림이
부디부디… 부모만큼 빈다

# 사랑학

수학은 사랑학이야
들어봐!

함수에서 변수 $x$의 사랑은…
혼자서만 가질 수 없어
안타까운 사랑

이등변 삼각형의 사랑은…
두 마음의 무게가 똑같아야 이루어지는
어려운 사랑

피타고라스의 사랑은…
절벽 위에 서야만 할 수 있는
위험한 사랑

삼차방정식의 사랑은…
아무리 사랑해 봤자
일차와 이차로 나누어지는
끝이 보이는 사랑

집합의 사랑은…
조건이 맞아야만 가질 수 있는
까탈스러운 사랑

미분과 적분의 사랑은…
절대 만날 수 없는
애틋한 사랑

지수와 로그의 사랑은…
떼려야 뗄 수 없는
천생연분의 단짝 사랑

벡터의 사랑은…
한 방향으로만 날아가서 박히는
큐피드의 화살

수학은 사랑학이야
그치…?

# 멈췄던 세상이 깨어난 날

시간은 흘렀다
나도 흘렀다
세상만 멈춰 있었다

난 마치 초인이 되었었지
시시한 공상 영화 주인공처럼
멈추어진 세상 속을 유영하는

가상의 현실 속
가상의 일터
가상의 친구와 가상의 화폐

멈추었던 세상이 깨어나던 날
잠자다 눈을 뜬 숲속 공주처럼
움직이는 세상은 환상처럼 낯설었다

# 희로애락

행복을 만드는 것은 나의 몫입니다
당신은 그저
함께 웃어 주세요

슬픔을 이겨내는 것도 나의 몫입니다
당신은 그저
옆에 있어 주세요

외로움을 달래는 것도 나의 몫입니다
당신은 그저
어깨만 한번 빌려 주세요

분노를 삭이는 것도 나의 몫입니다
당신은 그저
손만 지그시 잡아 주세요

그리하여
나의 모든 희로애락의 순간에
당신이 있어 주세요

# 운명인가 봐

우연이라고는 말할 수 없는 일
너와 내가 만난 건

우연이란
동네 은행 앞에서
오랜 친구를 만난다거나
사거리 횡단보도에서
옆집 사람을 만난다거나

우연이란
일요일 음식점에서
직장 동료를 만난다거나
새로 나간 교회에서
보고 싶지 않은 사람을 만난다거나

어떻게, 너와 내가 만난 걸
우연이라 하겠어

우연이라는 이름을 빌린
운명인가 봐!

# 제일 예쁜 얼굴

푸르다기보다는
파아란
가을 하늘이
예쁘네요

키 큰 나무에 걸쳐진
하아얀
솜구름은
더 예쁘구요

그런데,

파아란 하늘에도
하아얀 구름에도
미안하지만요

햇살이 투명하게 그려내는
그 사람의 얼굴이
제일 예쁘네요

# 아름다운 이별

어느 노부부의 아름다운 이별
이생과 저생으로의 이별을
보았다

암 투병 6년 수발 끝에
'사랑해'라고 말하는 아내
이생의 마지막 끝에
'그동안 미안했어'라고 말하는 남편

이렇게 아름다운 이별이
또 있을까?

잘 가라고, 잘 가겠다고
자꾸 힘주어 잡는 두 손
가야 하는 사람도
잡을 수 없는 사람도

소담소담

슬프지만 행복하고
슬프지만 아름다운 이별
'사랑해', '그동안 미안했어'

# 백년손님
## -무장읍성에 핀 연꽃-

백 년을 묻어 둔 씨앗이 발아한 것도
우연이라 할까…? 설마!
얘기하고 싶은 게 있었던 게지
맞이하고 싶은 이가 있었던 게지

그 봉오리 피어난
그 연분홍 꽃을
함께 감격해 줄 이가 있을 것임을
말하고 싶었던 게지

그러니,

백 년의 기다림을 일 년처럼 넘어
마치 지난해 지고 올해 핀 듯
새초롬 어여쁜 꽃잎을
시침 떼며 활짝 내밀고 저리 있는 게지

소담소담

# 맹종죽림에 심은 마음

아주 옛날 어린 왕이 시대를 이을 적에
팔도마다 사연 담긴 돌을 날라 쌓았으니
모양성이라 불리우고 고창뜰에 웅장하더이다

소나무의 기개와 배롱의 향기를 아는 이가
맹종죽림 기세 좋은 사이사이에 고운 마음 심게 하더니
그 밤에 스친 손끝에 이제 갈바람이 차갑더이다

세 개의 문, 여섯 개의 치, 세 갈래의 둘레길 중
키 다른 주춧돌 놓인 공북루와 길 하나를 걸었을 뿐인데
여인네들 성밟기 하던 성벽 길은 언제 밟자 기약이 없소

맹종죽림에 심은 마음

# 칠석날

벌써부터
까마귀와 까치들은 바쁘겠지?
오늘 밤
은하수까지 당도해야 하니까

견우직녀 접어 두고
오작교를 이으려는 건
사랑을 해 보았음이다

왜 저 두 별
그리 울며 뜨고 지는지
그 눈물 닦아 줘도
소용없다는 걸 알기에
닦아 줄 생각도 없이
그저 그 비를 다 맞았는데

오늘은, 일 년을 모은
두 별의 눈물방울 아교 삼아
다리를 이을 것이다

이미 천년을 지킨 약속
제 머리가 다 까질 걸 알고도
벌써 신이 나 모여
날 채비들을 하는 건
그들도 예외 없이
사랑을 해 보았음이다

오작 덕분에
오늘 밤 은하수에는
견우직녀의 눈물
칠석물 되어 흐르겠구나

햇살, 바람, 꽃 그리고…

# 홍매화

더욱 짙게 물들여야 피어나니
저 산야에 이르게 핀
매화보다야 더 기다려 주오

더욱 짙게 또렷하여 매혹할 테니
저리 바삐 스칠 생각일랑 말고
넋을 놓고야 나를 보아 주오

더욱 짙게 기억하고 맘에 담아
저 잎들이 나를 떨군 날들에도
이름하야 홍매화라 불러 주오

홍매화

# 수국

크고 화려해서 예쁜 게
아니에요
오히려 수수한 잎사귀 정겹고
작은 꽃들 모아 피는 법을 알아
예쁘답니다

색색깔 어쩌다 예쁜 게
아니에요
정성껏 땅의 마음 읽어내고
맘씨 좋게 피는 법을 알아
예쁘답니다

별다른 향기가 없는 게
아니에요
코에 닿지 않아도 향기롭고
눈으로 기억되는 법을 알아
예쁘답니다

소담소담

수국

# 2월

저 멀리 남쪽 나라에서
꽃소식이 전해 온다

남녘의 동백은 꿋꿋하게 만개하다
스러져 갈 날들을 세고
눈 덮인 설매화 추위에 아랑곳않고
보는 이의 안타까움을 즐기려
고운 얼굴을 내밀었단다

봄이 오는 길목을 닦고 있는 2월은
봄을 기다리는 이들에게
타박받을까 맘이 급하여
빨리 날을 내어 주려는구나!

그리 짧아서 누군가에게는 좋고
그리 짧아서 누군가에게는 아쉬운
2월

# 겨울눈

나무마다 꼭꼭 숨겨
아무도 눈치채지 못했는데
아무도 신경 쓰지 않았는데

장하다 기특하다
어느 틈에 통통하게 부풀어
귀여운 모습 숨겨지지 않네

아무도 모르게
소리 잃어 조용히 내리는
하얀 눈이 젖 먹이고
기세 잃어 옆으로 지나는
겨울 해가 길러내어

네 안에 부풀도록 품은
네가 펼칠 이야기들은
이미 세상의 감격을 약속하였다

# 프리지아

프리지아는 소담하여 봄이다
내가 아는 봄은
민들레 제비꽃 피워 소담하니까

프리지아는 노란빛이 봄이다
내가 아는 봄빛은
개나리에 부서지는 노랑이니까

프리지아는 달콤한 향기가 봄이다
내가 아는 봄 향기는
아카시아꿀 향기로 달콤하니까

프리지아는 그냥 봄이다
내게 봄이 오거든
프리지아 한 다발 주는 이 있어라

프리지아

# 봄

봄은 어디부터 시작일까
입춘에 입춘대길 네 글자로 시작일까

개구리 눈 뜨고 일어나는
경칩에 개구리 따라 봄인 걸까

매일 무심히 지나던 길에
새싹 하나 얼굴 내민 그날부터 봄인 걸까

봄! 생명의 시작은
얼마나 간절한 소망이기에
고 작은 아기 잎들이 무슨 힘으로
땅을 비집어 가르고
검불을 헤쳐 걷어 내는가

# 춘하추동

어느 날 갑자기
따스한 햇살이 든다 싶으면 입춘
따가운 햇살에 웃옷이 덥다 싶으면 입하
서늘한 바람이 시원하다 싶으면 입추
두꺼운 외투에 손이 간다 싶으면 입동

아기자기 그 사이 보름마다
해의 온도와 바람의 온도로
미세한 변화를 세어 놓았으니

일 년의 큰 흐름
어김없이 돌고 돈다
놀라운 선인들의 지혜
자연에의 순응 24절기

# 걷는다

나는 걷는다
지구를 둥글리고 있다

내가 작다고 내가 구르겠는가
지구가 아무리 큰들 구를 수밖에
나를 걷고 뛰게 하려면
내가 박차는 만큼 구를 수밖에

나를 살아가게 하려고
영원을 품은 시간도 구르고
나를 잠 깨게 하려고
저 커다란 해도 구르는데

나를 걷고 뛰게 하려면
지구가 아무리 큰들 구를 수밖에

# 산수유

화려하게 피려 하지 않아
아프다
봄 햇살 가득 머금어
노란빛으로 터지는 너

단단하게 굵어지지 않아
서럽다
꽃잎이라 할 수도 없어
꽃이라기도 민망한 너

아픈 맘 서러운 맘 알아
예쁘다
밀도 높게 품어온 꽃망울이
불꽃처럼 터지는 너

　　　　　　　소담소담

# 앵두

앵두 같은 입술이라는 건
앵두가 예쁘다는 거지?

장독대에 자리 잡은 앵두나무
아기자기 분홍 꽃들 줄 세워서
햇살을 알알이 가둬
투명한 빨간 구슬 가득 꿰었다

앵두알 알알이 빨갛게 뽐내면
옆집 옥이 하나 따 주고
앞집 영이 하나 따 주고
투명한 빨간 구슬 한 소쿠리

앵두가 익어가는 계절에
투명한 빨간 구슬 앵두는 예쁘다

# 머드 포레스트

당신을 초대합니다
은밀하게 드러나는 숲
머드 포레스트

바다가 푸르게 품어
해의 마름을 피해
생명을 잉태하는 숲

당신이 오신다 하면
해가 발그레하게 취한 사이
살짝이 바닷물 거두고
곁눈질 재빠른 칠게들 보초 세워

당신을 기다리렵니다
생명의 이야기 꿈틀대는 숲
머드 포레스트

소담소담

# 안개

뿌옇게 가려도 좋다만
어여 아침 해는 내어 주련

해를 보며 일어나는 것이
그저 삶인 사람도 있단다

뿌옇게 가려도 좋다만
어여 파란 하늘 내어 주련

하늘 한 번 바라보는 것이
그저 위안인 사람도 있단다

뿌옇게 가려도 좋다만
어여 내 맘에선 걷혀 주련

그 얼굴 또렷이 떠올라야
내가 살 것 같단다

# 선글라스

이글거리며 고개 숙이게 하던
절대군주 태양은
참 괘씸하겠다

감히 고개 들어 볼 수 없던
태양의 눈 부심쯤
가벼이 빼앗는다, 선글라스

만물 비추며 색을 관장하던
절대군주 태양은
참 황망하겠다

힘껏 빛을 내어 만들어 낸
만물의 색들마저
가벼이 바뀌놓네, 선글라스

# 태풍이 지나간 아침

햇살이 반짝인다
아무 일 없었단다
원망 섞인 생각 따위 들지 못하게
뺨치도록 예쁘게 반짝인다

지난밤 요란하게
제 동무 태풍이 한 짓이
저도 부끄러운지
아픈 생채기가 묻히게 반짝인다

아물도록 힘차게
그래도, 털어내야 한다고
그늘진 얼굴 들어 보라며 곱게
사람을 비춰 반짝인다

# 해바라기


해바라기는 그냥
해 바라기다

해가 좋아하든 말든
해 바라기다

좋은 건 그냥 좋은 거라고
이유를 찾는 너네들은 왜 그러느냐고

그저 좋단다
그냥 좋단다

하늘하늘 아양 떠는 작은 꽃들마냥
치장할 줄도 몰라
그 큰 얼굴을 바위처럼 해에게 들이밀고도

마냥 좋단다
해맑게 해를 흉내 내며
그저 좋단다


소담소담

# 마실

내 마음은 가을 마실 나설 채비 중
여름 열정 찰나에 묻힐 것을 아니까

너무 더워지지 말라고
너무 깊어지지 말라고

너무 물가에만 머무르지도 말고
너무 겁내어 멀리 설 필요까진 없다고

자사도 안타까워
플라톤도 안타까워
그리 그리 중용을 외쳤건만

절간 넘나들며 귀동냥 새긴 중도는
한 귀로 흘리는 바람마냥 그저 스치게 두었으니

이 가을 문턱에 하늘 한 조각 베어 잡고
내 마음은 이미 마실 나설 채비 중

소담소담

# 호두

호두 여무는 가을은
호두알 깨어지듯
빠사삭 소리 정겨운 가을

어리게 연녹색
두툼하게 방울지던 외피
울 엄니 손등처럼
검버섯 피고 갈라져

더 이상
힘 빠져 껴안을 수 없이
울 엄니 품처럼
호두알을 떨군다

세상에 자식 내어놓는 그 마음
어찌 다를까

현자들의 지혜
봉선 따라 주름 접어 새겨
단단히 봉인하였다

소담소담

# 자작나무의 노래

상수리 떡갈나무의 노래와
자작나무의 노래는 다르지

앞산 상수리나무
두툼한 잎을 바람에 비비며
묵직한 바리톤

뒷산 자작나무
소담한 잎들이 바람에 쓸어 담겨
경쾌한 소프라노

바람이 지휘하는
나무 합창단

바람이 연주하는
자작나무의 노래

# 회화

꽃맞이 시절엔 어찌 늦장 부리다가
느닷없이 꽃피움은 게으름인 것인가
좋은 계절을 앞다투는 것들에 내어 준
너그러움인 것인가

여튼 회화는
땡볕도 아랑곳않고
눈길도 아랑곳않고
여름 한가운데 고고히 꽃피웠다

아니다
아랑곳않을 순 없는가 보다
땡볕보다 더 피어나 눈길 잡으려
저리도 흐드러지게 꽃피운 것을 보면

그렇다
그저 혼자 피고 질 순 없는가 보다
저 큰 덩치에도 임을 기다리는
꽃의 본능을 감추지 못하는 것을 보면

소담소담

# 진분홍 배롱

꾸안꾸 배롱
수수하게 피어도 화려하다

깊은 진분홍을 허락받아
여름의 끝을 불태워
가을에 넘기는 너

구중궁궐 무수리 손등 감추듯
부끄러운 둥걸 감추려
그토록 화려하게 꽃피우는가

진분홍 꽃차례
두서없이 내어 달고도
두 눈 가득 안기는 너

어디에서도 있을 뿐인데
모든 눈길을 사로잡아
모든 마음에 박힌다

# 나도 햇살을 갖고 싶다

단풍이 한창인 숲을 걷는다
반짝거림이 사색의 길을 걷게 한다

햇살이 나뭇잎에 반짝거리는 것인지
햇살에 나뭇잎이 반짝거리는 것인지

그러다, 나뭇잎에 시샘이 난다
나도 햇살을 갖고 싶다!

나에게도
내가 지치고 우울하여 의기소침할 때
내 등에 따스한 햇살 내려와 토닥여 준다면

나에게도
내가 기고만장하고 우쭐할 때
내 눈에 시린 햇살 반짝여 숙이게 한다면

그렇게, 나도 햇살을 갖고 싶다.

# 고목

분명 어린잎이 땅을 뚫고
나오는 것부터 시작했을 것입니다

모진 비바람과 눈발도 뚫고
드디어 깊고 흔들림 없는
뿌리를 내리기 시작했을 것입니다

우직하게 뿌리를 믿고
마음 굳혀 뻗은 줄기
지금의 위용을 완성한 것입니다

당신의 거칠고 갈라진 등걸이
너끈히 오백 년은 넘어 살아온 흔적입니다

이젠 그 삶의 의지와
굳건히 헤쳐 뻗어가는 힘을 배우게 하십시오

경이로움과 찬사를 품고
당신 곁을 지나는 많은 이들에게…

# 구름이 왜 좋아?

왜 구름이 좋으냐고 했다
나에겐 그냥 동경할 수 있는 것이라서
그 위에 무엇이 있다고 상상하든
나만의 동경을 보이지 않게
그려 넣을 수 있으니까

어떤 이가 나에게 말했다
항상 그곳에 있는데 매일 달라서일까
라는 의외의 응수를 들은 뒤부터
오늘의 구름은 또 어떠하게
그려졌는지 보게 된다

소담소담

# 10월의 장미

10월의 장미는
슬프다

해를 잘못 읽어
추위가 오면 늙어지지 않아도
아프게 질 것이니
슬프다

애처로운 시선들을
한가득 모으고
처량한 신세로 웃고 있어
슬프다

다음 생에는 제발
따사로운 봄햇살 아래
환희로 피어나라
바람을 한가득 모으니
슬프다

# 가을빛

선선한 바람도
시원함을 아는 이에게
불어오고

풀벌레 소리도
들어 주는 이에게
노래하며

습기를 뺀 햇살도
느낄 줄 아는 이에게만
가을빛이다

소담소담

# 바람난 가을

가을도 바람이 나나 봐요
봄바람만 설렌다 노래하니까
가을도 변덕쟁이 흉내 내며
바람이 났네요

가을도 가을을 타나 봐요
가을바람 스산해 술렁이니까
자기 탓 아니라고 돌아앉아
모른 체하네요

가을이 바람나니
가을비가 봄비마냥 오락가락
햇살도 숨었다 나왔다
변죽이 심해요

가을을 달래 줘야
그 고운 단풍을 내어놓을 테니
그저 그 심통
다 받아줄 수밖에요

# 무화과

에덴동산 태초의 부끄러움과 마주한 날
고 작은 수만 개 꽃들
볼록한 자루 안에 숨어 버렸네

한여름 태양의 뜨거움과 마주하며
고 작은 수만 개 꽃들
아우성 속에 빨갛게 상기되었지

솜털 둘러 끈적하게 익어 버린 날들에
고 작은 수만 개 꽃들을
어찌 알고 무화과라 숨겨 줬을까

무화과

# 메리골드 피는 정원

메리골드 노랑 주황 꽃핀 정원에
가을이 황금빛이라 얘기합니다

내게 얼굴 내미는 그 마음은
가장 소중하게 간직하다 꽃피운 것이니

세상 어느 꽃이 내게 온들
그 빛깔 황금빛이라 하겠습니까

귀한 이여
귀한 사랑 꽃으로 대신하여
메리골드 핀 정원에 만발하니

나는
얼굴 붉어져
그대 옆에 꽃으로 피어납니다

# 夜花(야화)

달빛 아래 꽃들은
보아주는 이 없어도
아침을 기다리지 않는다

날 밝으면 또다시
벌도 나비도 올 테지만
아침을 기다리지 않는다

천일야화 들려 주던
사막 나라 시녀처럼
밤이어도 잠들지 않는다

수줍어 밤에 오는
달 낭군 쉬이 갈까
밤새 천일야화 읊어 낸다

소담소담

夜花(야화)

# 속삭임

나뭇잎이 하는 소리를 들어 봐요
나뭇잎은 소리 내어 말하는 법을 몰라
바람을 빌어 사락사락 속삭입니다

올 한해도 그 가지에서 나고 자라
작년에 보았던 땅과 하늘의 이야기
이어 들을 수 있어서 좋았답니다

작년보다 한 뼘 더 자란 옥이
작년보다 살짝 더 주름진 할매
이어 볼 수 있어서 좋았답니다

곧 다가올 이별을 슬퍼하지 말라네요
내년에도 이 가지에 나고 자라서
다시 기억하고 만날 것이라 속삭입니다

# 향기로 피는 꽃

낮이 짧아져야
세 번째 계절이 깊어져야
기다리고 인내하여
만 가지 색으로 피어나지

크고 화려하거나
작고 앙증맞거나
기다림을 어루만져
만 가지 크기로 피었는데

형형색색 피었어도
꺾어 본 사람은 알지
기다림이 승화되어
단 한 가지 향기로 핀다는 걸

손끝에도 코끝에도
오래도록 머무른다
향기로 피어나는 꽃
국화

# 억새

산등성이에 몰아 핀
하얀하얀 억새야
바다도 모르게
파도 거품 훔쳐 이는구나

하얗게 부서지며
물거품이 내어놓는 그리움을
너 보기도 안타까워
산등성이 높이 서서 일렁이는가

바람 불어가는 길에
그리움 실어 나르라고
바람에 네 몸 맡겨
하얀 파도로 일렁이는가

# 만추

날이 더 추워지고
낙엽은 더욱 수북이 쌓이고
점점 앙상해져 가는 나뭇가지들
고독을 키우겠지만

유리 속 세상처럼
낙엽은 더욱 마르게 부서지고
점점 투명해져 가는 찬 공기들
쓸쓸함을 키우겠지만

만추가 선사하는
비움에 대한 아름다움이면
한껏 손사랫질로 기꺼이
시월을 배웅하겠다

# 스러져 가는 꽃들

아직
발그레하게 예쁘다
예정된 이별이 서럽구나

계절
거스를 수 없으니
고운 빛깔 더 서럽다

안타까워
눈맞춤 피하려
풀 죽어 고개를 떨구고

아직
피어 있노라고
웃음 웃어 보인다

스러져 가는 꽃들…

# 가을이라야 귀한 것

저기 논둑에 손 흔들며 선
억새는
봄빛 아래서도 이름값을 할까?
쓸쓸한 안녕 나눌 황금 들판이 없으니
그 이름값을 잃겠지

저기 언덕에 향기 내며 핀
국화는
봄빛 아래서도 향기 값을 할까?
그리움 짙게 나눌 이별한 이 없으니
그 향기 값을 잃겠지

저기 하늘가에 떼 지어 나는
기러기는
봄밤 하늘에서도 품값을 할까?
날갯짓 곱게 어우러질 긴 달밤이 없으니
그 품값을 잃겠지

가을이라야 귀한 것들이 있다

Ⅲ                           삶, 인연 그리고…

# 눈물아! 멈춰

내 어릴 적 아픈 날들에
다신 눈물 흘리지 않으려고
내 마음 크기만 한
눈물 저수지 만들었어

그 큰 눈물 저수지도 넘쳐
툭하면 흘러나오기 일쑤라
둑을 더 높게 세우고
단단한 시멘트를 발라 뒀어

어느 날, 못된 날까치 한 마리
손님인 듯 찾아와 살살 쪼아 대더니
둑에 모래만 한 구멍이 뚫려
또 툭하면 눈물이 흘러

못된 날까치 몰아내고
다시는 다시는 샐 수 없게
방수문을 달아야지
눈물아! 멈춰

소담소담

# 술 한잔

형님
소주 한 잔 털어 넣고
지그시 허공을 향하는 눈
그 맘 알 거 같아 어찌하누

형님
소주 두 잔 털어 넣고
잔 내리며 떨리는 손
그 맘 알겠으니 어찌하누

형님
소주 세 잔 털어 넣고
콧바람으로 새어 나는 한숨
그 맘 전해 오니 어찌하누

형님
소주 네 잔 털어 넣고
눈물 붙잡느라 붉어진 눈
우리네 사는 게 똑같구려

# 마음속에 등대

인생만 한 망망대해가 또 있을까
키를 잡을 수 없는데
떠돌 수도 없었다
길을 낼 수 없는 불안감은
온전히 감내할 몫이었지

침몰할 수도 있었던 그곳일까
그 자리에서 마음속에
등대를 하나 세웠다
길을 잃게 되는 날이 오면
환히 비추어 불러 주지

이제는 노를 저어 나아가자
세월이라는 파도 속에
뱃사공이 다 되었다
등대 불빛 별 삼아 켜 두면
내 가는 곳 길이겠지

소담소담

# 그대로만

보이는 그대로만
보려고요
숨겨둔 모습이 있든 없든
보이지 않는 것까지 굳이

들리는 그대로만
들으려고요
숨겨둔 의미가 있든 없든
들리지 않는 것까지 그닥

느끼는 그대로만
느끼렵니다
숨겨둔 감정이 있든 없든
느껴지지 않는 것까지 별로

제가 좀 답답해요
할 수 없죠
보이고 들리고 느껴지는
그대로만 살렵니다, 그냥

# 생각을 생각하는 생각

생각을 하며 사는 건 좋은 걸까
생각 없이 사는 게 좋은 걸까
생각이 생각의 꼬리를 물어
계속 생각하게 한다

생각하고 싶지 않지만
생각을 지울 수 없거나
생각하고 싶은데
생각이 까마득히 안 나거나

생각마저도 생각처럼 되지 않네
차라리 생각 없는 사람이 되어 볼까
이마저도 생각처럼 될 리 없지
돌고 도는 생각에 하회탈마냥 웃는다

# 그래도

합리적이지 않아 보이고
손해 보는 것 같고

그래도
한 번 접고

그래도
한 번 웃고

그래도
내 할 도리는 하는 것은

슬기로움과
우매함의 중간쯤일까요?

소담소담

# 오늘쯤은

오늘쯤은
가벼이 하루를 살자
계획대로 해내야 한다는 거
부지런히 해내야 한다는 거
내일은 그럴 거니까

오늘쯤은
부담 없이 하루를 살자
의미 있는 일들을 만드는 거
앙팡지게 일들을 이루는 거
내일은 그럴 거니까

오늘쯤은
경쾌하게 하루를 살자
풍선처럼 양껏 숨을 쉬고
병정처럼 힘껏 팔을 흔들고
오늘은 그렇게 살자

# 운이 좋은 날

오늘 당신이
운이 좋았으면 좋겠습니다
운 따위에 기대지 않는 당신이지만

그래도
뜻하지 않게 운이 좋아
하루종일 웃고 있는 당신이기를

오늘은 저도
운이 좋았으면 좋겠습니다
운 따위가 따르지 않는 저이지만

그래도
뜻밖의 행운이 찾아와
아이처럼 당신과 마주 웃기를

소담소담

# 예쁘게 봐주세요

노력한다고
다 알아 주는 건 아닙니다
애써서 하고 있는데
뭐하냐 하면 휴, 힘이 빠져요

밉게 보자 치면 한이 없고
예쁘게 보자 치면 한이 없죠

바보가 정말 바보라서
바보인 것도 아니고
잘난 사람이 정말 잘나서
잘난 것도 아니니

되도록 예쁘게 보고
되도록 칭찬해 주고
되도록 믿어 준다면

우리는 모두
예쁘고 잘난 사람
똑똑하고 멋진 사람

# 성숙

회색 바다도
이렇게 예쁘다는 거

그 위에 부서지는 햇빛을
이렇게 주워 담고 싶은 적이 있었던가

윤슬은 그저
바라보는 것이었다

이제 그걸 줍고 싶은 건…
내가 과감해진 것인가 보다

여름날 새털구름이 깔린 하늘이
이처럼 청량하다는 걸

하얀 바람 날개가
파란 하늘과 저리도 어울리는 한 쌍이라는 걸

느끼고 싶은 대로 느낄 만큼
난 많이 과감해진 모양이다

# 인생길, 갈림길

쪼개고 쪼개도 끝없이 반복되는
프랙털처럼
택하고 택해도 끝없이 반복되는
인생길, 갈림길

차라리 사막에 서면
가는 길이 길이요
차라리 밤하늘 올려보면
박힌 별이 이정표인데

숲속 갈림길을 걷느라 때론
가시밭길 갇혀 상처투성이
깊은 늪에 빠져 진흙투성이

여전히 선택하라 다그치는
인생길 앞에 서서
기어코 망부석이 된다

# 고집 맛집

불혹의 마흔
미혹되지 않아 흔들림이 없단다
고집맛 1단계

지천명의 쉰
하늘의 명을 알아 틀림이 없단다
고집맛 2단계

이순의 예순
거슬리지 않아 화남이 없단다
고집맛 3단계

나이가 들수록 하늘과 통하여
나만의 세상을 갖게 되니
나이가 고집을 만든다
나이는 고집 맛집

# 고운 손

이게 뭐지
한참을 문질러 보았다

이게 뭐야
한참 지나 하나가 더 생겼다

어느 순간
알겠는데 인정하기 싫었다

세월아, 너
내 고운 손이 탐이 났구나

그렇다고
내 손등을 거북등으로 덮어 버렸네

세월아, 넌
나잇값에 에누리도 없구나

# 백 세 인생

백 세 인생이란다
내 나이 오십이면
그 가운데 여름 끝이어야지

백 세 인생이라는데
난 벌써 추분 넘어
가을 끝에 다다른 것 같지

끊임없이 꿈꾸지만
씨 뿌리면 길러내 줄
따순 봄이 있어야 말이지

시원스레 비를 뿌려
푸르르게 길러내 줄
더운 여름이 있어야 말이지

백 세 인생 사계절은
겨울이 길고 길다

소담소담

# 그림자

햇빛이 만들어 준
나뭇잎의 그림자는
색깔이 없다

거센 날바람 흔들어대고
세찬 소나기 후두둑 떨어져
찢기고 구멍 난 생채기들
기억해 뭐하냐며
모양으로 사연을 덮는다

유리창이 비춰 준
사람의 그림자는
마음이 없다

거센 날바람 핑계 삼아 흔들리고
세찬 소나기 핑계 삼아 울어대던
어둡고 아픈 이야기들
간직해 뭐하냐며
모습으로 사연을 지운다

# 마음 하나, 마음 둘

예쁜 마음 하나에
예쁜 마음 둘

미운 마음 하나에
미운 마음 둘

예쁨도 미움도
마음골의 메아리

외치는 대로
되돌아오는
마음골의 메아리

# 빵점

굳이 배우려 한 건 아닌데
배워지네요
맘을 숨겨야 한다는 거

굳이 배우고 싶지 않은데
배우라네요
비겁해야 한다는 거

굳이 배워서 뭐 해 싶은데
배우라 해요
겉과 속이 달라야 한다는 거

절로 배워지긴 하는데
삶도 사람도
하지만, 여전히 빵점짜리 만학도

# 그런 사람

나는 누군가에게
그런 사람이고 싶다
슬픈 일이 생겼을 때
제일 먼저 위로받고 싶은 그런 사람

나는 누군가에게
그런 사람이고 싶다
화나는 일이 생겼을 때
같이 맘껏 욕해 줄 수 있는 그런 사람

나는 누군가에게
그런 사람이고 싶다
절망에 빠졌을 때
손 잡고 일어서고 싶은 그런 사람

그리고,
나는 누군가에게
그런 사람이고 싶다
기쁜 일이 생겼을 때
제일 끝까지 함께 웃는 그런 사람

# 톱니바퀴

우리는
각자의 세계를 가지고 있고
그 세계는 톱니바퀴 모양이며
그 위에 우리 각자를 올려 싣고
시공을 돌고 있습니다

그러다
미리 정해진 어느 시점에
누구와 누구의 톱니바퀴가
같은 시공에 맞물리면
사랑은 그렇게 운명입니다

그런데
각자의 톱니바퀴는 크기가 달라
작은 세계를 가진 사람이
가벼이 더 빨리 이탈하니
이별도 그렇게 운명입니다

소담소담

# 사람이 사람을…

사람이 사람을
만난다는 건
소중한 인연의 싹이 틔워지는 것입니다

사람이 사람을
알아간다는 건
서로의 세계로 들어가는 것입니다

사람이 사람을
사랑한다는 건
나의 세계를 내어 주는 것입니다

다 내어 주어도
행복만 알아서
사람은 사람을 평생 사랑하며 삽니다

# 뿌리 깊은 나무

내가 보니 자네는
뿌리 깊은 나무라네
당장 잎이 적고 빈약해도
가지 끝까지 푸른 잎을 달았지 않나?

내가 보니 자네는
뿌리 깊은 나무라네
당장 꽃이 적고 초라해도
마른 꽃잎 한 장 없지 않나?

내가 보니, 자네
머지않아 곧
풍성한 잎과 만발한 꽃으로 덮일걸세
내 장담하지!

소담소담

# 다른 일상

매일 눈뜨는 하루
그래도 왠지 가뿐하게 시작한다

그저 일상인 하루
그래도 뭔가 순탄하게 흘러간다

늘상 오늘인 하루
그래도 꽤나 맛이 있게 살아진다

콧노래가 흥얼거려지고
마음이 흐뭇해지는
당신이 있는 하루
그래서 왠지 행복하게 잠이 든다

소담소담

# 이 순간

제 성질이 고약한가요?
열 번 참다 한 번 화내는
이 순간 하필
당신과 처음이군요

제 말투가 냉정한가요?
열 번 받아주다 한 번 자르는
이 순간 하필
당신과 처음이군요

제 눈매가 매서운가요?
열 번 눈감다 한 번 치켜뜬
이 순간 하필
당신과 처음이네요

당신과 나 어찌 아나요?
평생의 벗이 될는지
이 순간 우린
처음입니다

# 동행

함께
밝고 찬란한 길만 걷는 것이
동행은 아닙니다

함께
어둡고 눅눅한 터널도 손 꼭 잡고
걷는 것이 동행입니다

그러나,

당신과의 동행이
이왕이면 밝은 길이면 좋겠고
이왕이면 찬란한 꽃길이면 좋겠지만

당신과의 동행에
어두운 길이면 손을 더 꼭 잡고
눅눅한 터널이면 서로를 더 꼭 감싸며

소담소담

그렇게
아름다운 동행을 하고 싶습니다

우리는 그렇게
아름다운 동행을 하고 있는 중입니다

동행

# 옥과 돌

사람으로 인해 사람이
빛나는 옥이 되거나
사람으로 인해 사람이
차이는 돌이 되거나

석공이 돌을 잘 골라야 하는가
돌이 석공을 잘 만나야 하는가

소담소담

# 불면증

밤이 깊다
어둠은 빛을 몰아
적막은 소음을 몰아
어김없이 또
내 머릿속에 욱여넣었으니
눈 감으면 밝은 하늘
귓가에는 시끌벅적

잠 못 든다
칼에 베였거나
바늘에 찔렸거나
그렇게 또
세 치 혀로 사정없이 후벼놓았으니
그들은 오늘도 역시
나의 밤을 가졌다

# 가시

네, 제겐 가시가 있어요
가까이 오지 말고 꺾지 말라는
장미의 도도한 가시 같나요?

천천히 봐 주세요
내가 어떨 때
가시를 세우는지

맘 다칠까 겁먹을 때
잔뜩 웅크려 날 세우는
고슴도치의 가시랍니다

당신 따라 가고플 때
미운털 되어 따라붙는
엉겅퀴의 가시랍니다

# 존경하는 마음

고이고이 귀하게 품은
존경하는 마음은
상해 입지 말자

한없이 바란다
한없다 말할 수 없을 만큼
간절히 바란다

사랑은 우정은
서로 해야 하지만
존경은
혼자 해야 하니,

마음을 주다
서로 상하는 것이라
사랑도 우정도
아픔은 반쪽이겠지만

소담소담

마음을 주다
혼자 상하는 것이라
존경은
아픔이 온 마음에 찬다

상해 입은 존경은
큰 나무를 보며 싹을 내민
작은 나무가
바라볼 온 세상을 잃는 것

한없다 말할 수도 없게
한없이
아프리라

존경하는 마음

# 닦으면 그만

빗방울이
우산 밑을 날아들면
몸을 움츠리고

한 방울 두 방울
더 날아들면
더… 몸을 움츠리던

작아질 줄밖에 모르던
그 아인

이제
우산 없이 빗줄기를 맞는 것도
겁내지 않게 됐다

닦으면 그만인 걸
그저
알게 되어

닦으면 그만

# 벗

눈빛만 봐도 말투만 들어도
슬픈지 기쁜지 불쾌한지 읽어 내는
말버릇 술버릇 농익게 삭여낸
십년지기든

눈빛을 봐도 말투를 들어도
유쾌한지 불쾌한지 읽어낼 수 없는
말버릇 술버릇 설익게 낯선
하루지기든

우리로 모인 오늘이면
다시 없을 벗들인 양
정情이라 하여본들 어떠하리
동무라 하여본들 어떠하리

# 새로운 시작

끝은
새로운 시작

끝은
때론 슬프고
때론 아프고
때론 홀가분하고

새로운 시작은
굳센 의지로
굳센 용기를 장착하고
…누군가의 격려와 함께

낙엽이 져야
새잎이 날 자리를 갖는 것처럼

끝, 그리고 새로운 시작

소담소담

# 주인공

인생이라는 영화를 찍고 있어
제각각인 장르를 이어 붙이는 옴니버스 영화지
상영시간이 엄청 긴 영화야

가장 멋진 로맨스의 주인공
가장 영광스러운 성공 스토리의 주인공
가장 행복한 가족 영화의 주인공
뭐! 그런 역할이 없어서 미안해

어쩌면 제일 슬프고 아픈 역할
고난을 이겨내는 역할만 하게 해서 미안
그렇지만, 맹세코 조연을 준 적은 없잖아

혹시 알아?
남아 있는 러닝타임 내내 해피신일지!

하나 분명한 건
끝은 확실히 해피엔딩이라는 거야! 주인공!

주인공

# 입상작

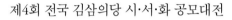

제4회 전국 김삼의당 시·서·화 공모대전

차하 수상
「부부연가」

제19회 고창 선운사 꽃무릇 시 공모전

은상 수상
「천년의 눈물」

# 부부 연가

기울어진 가세에 면목도 없으리오마는
사내인 내가 그대의 담대함에 끌렸으니
백년해로 언약하는 이 마음만 줄 뿐이오

규수 방 깊은 곳 학식을 다듬었다 하나
아녀자로 공경하고 순종함을 알 뿐이니
백년해로 어여쁜 맘 그것이면 충분합니다

십년공부 십년수발 염치도 없으리오마는
사내인 내가 불철주야不撤晝夜 매진하나
달이 밝든 칠흑이든 그리운 맘 하염없소

십 년 공양 삯바느질 손끝이 굳어졌다 한들
아녀자로 섬김과 입신양명을 빌 뿐이니
별이 총총 어두운 밤도 그리운 맘 숨기렵니다

과거 낙방 무면도강無面渡江 내 어찌 볼까마는
이 못난 지아비도 탓함 없이 반겨주니
산천초목 좋다 한들 그대만한 벗이 없소

낙담하신 그 마음에 눈물로 지샜으나
십 년 해후 아녀자는 반가움만 한가득 알 뿐이니
노을빛도 풀 한 포기도 임과 함께 보렵니다

김삼의당과 하립

# 천년의 눈물

천년을 훌쩍이던 꽃무릇 전설을
도솔냇가 스쳐온 바람이 꿈결처럼 들려주어
천리길 선운사 한달음에 닿았지요

붉은 울음 흩날린 이야기들 주섬주섬 모아 들으니
사랑 하나 읽어내지 못한 제 님이 야속하여
영영 그리워하라 대롱 위에 피었다고

허나, 오랜 세월 거르지 않고 눈시울 붉히는 그 님
어찌하랴 어찌하랴 바람에게 물었더니
님의 눈물 닦아줄 붉은 비단 감아 왔다고

천년의 눈물